MW01106881

Escrito por Lisa M. Umina

2004 First Spanish Edition

ISBN 0-9718350-2-0
Library of Congress Number 2003108908
Traducido por Rebecca Wiehe

Halo Publishing Co.

Halo Publishing Company
P.O. Box 31844
Independence, Ohio 44131-0844
(216) 642-0861
www.halopublishing.com
Printed in China

Hoy día, es muy importante enseñarles a los niños que pueden comunicar con Dios y tener una relación con El. Yo puedo hablar con Dios sobre cualquier cosa. Estoy muy agradecida a mi madre por darme estos valores cuando yo era niña y espero compartírselos con otros padres.

Este libro es dedicado a mi familia. Les agradezco por creer en mí y por animarme a través de todo. También le dedico este libro a Dios. Gracias a El todo ha sido posible.

- Lisa

Dios, hoy busco a mi
mejor amigo.

Le preguntaré a Pepe el pez.
Por seguro hará lo que deseo.

Hola, Pepe el pez. ¿Quieres ser mi mejor amigo y jugar conmigo todo el día?

"No puedo." dijo Pepe el pez. "Es que vivo en el agua y tú no puedes. ¡Sin mi agua no tengo aire!"

Le preguntaré a Ana la abeja.
Será mi mejor amiga, no hay duda.

Hola, Ana la abeja. ¿Quieres ser mi mejor amiga y jugar conmigo todo el día?

"No puedo." dijo Ana la abeja. "Es que vivo en una colmena y me gusta picar. ¡Si me tocas, te picaré el dedo!"

Le preguntaré a Pedro el puerco en el lodo
Será mi amigo y lo llamaré mi compadre.

Hola, Pedro el puerco. ¿Quieres ser mi mejor amigo y jugar conmigo todo el día?

"No puedo." dijo Pedro el puerco. "Es que me encanta el lodo y estar muy sucio. Tú estás demasiado limpio y ah, ¡tan bonito!"

Le preguntaré a la Señorita Alicia Ave.
Será mi mejor amiga hoy.

Hola, Señorita Alicia Ave. ¿Quieres ser mi mejor amiga y jugar conmigo todo el día?

"No puedo." dijo Señorita Alicia Ave. "Es que vivo en un árbol y tú no puedes volar. Tiene que haber otro a quien le puedas preguntar."

Le preguntaré a Rafael la rana.
Será muy divertido todo el día.

Hola, Rafael la rana. ¿Quieres ser mi mejor amigo y jugar conmigo todo el día?

"No puedo." dijo Rafael la rana. "Es que vivo en esta charca y salto en las azucenas. Tú no lo puedes hacer, así que vete, tontito."

Le preguntaré a Carlos el conejo.
El es tan bueno y ah, ¡tan chistoso!

Hola, Carlos el conejo. ¿Quieres ser mi mejor amigo y jugar conmigo todo el día?

"No puedo." dijo Carlos el conejo. "Es que me encanta brincar de peligro rápidamente. Además, no te conozco. ¡Ay! ¡Un desconocido!

Le preguntaré a Gabi la gata.
Será mi amiga y eso es todo.

Hola, Gabi la gata. ¿Quieres ser mi mejor amiga y jugar conmigo todo el día?

"No puedo." dijo Gabi la gata. "Es que estoy durmiendo aquí en esta pared de ladrillos. Ser tu amiga no tiene sentido."

TOMMY
Please DO NOT Feed the Tiger!

Le preguntaré a Tomás el tigre en el zoológico.
Será mi mejor amigo y no me gritará.

Hola, Tomás el tigre. ¿Quieres ser mi mejor amigo
y jugar conmigo todo el día?

"No puedo." dijo Tomás el tigre. "Es que vivo en el
zoológico y no puedo salir de esta jaula. Por eso,
¡vete antes de que me enoje!"

Le preguntaré a Hernando la hormiga.
Será mi mejor amigo si puede.

Hola, Hernando la hormiga. ¿Quieres ser mi mejor amigo y jugar conmigo todo el día?

"No puedo." dijo Hernando la hormiga. "Es que vivo en un hormiguero y me encanta gatear. Tú no puedes entrar porque eres demasiado alto."

Le preguntaré a Timoteo el topo.
¡Tiene un corazon tan generoso!

Hola, Timoteo el topo. ¿Quieres ser mi mejor amigo y jugar conmigo todo el día?

"No puedo." dijo Timoteo el topo. "Es que estoy aquí abajo cavando. ¿Por qué no vuelves a verme otro día?

Le preguntaré a Yolanda la yegua.
Será mi mejor amiga de seguro.

Hola, Yolanda la yegua. ¿Quieres ser mi mejor amiga y jugar conmigo todo el día?

"No puedo." dijo Yolanda la yegua.
"Es que vivo en un establo. Quiero jugar pero no es posible."

"Milo ... Milo, por favor, no llores y dime a que le tienes miedo."

"Dios, he buscado por todas partes, todo el día y no puedo encontrar a mi mejor amigo."